KAYSER

36 ETUDES

VIOLIN SOLO

Complete

Opus 20

K 03575

36 Etüden für Violine.

H. E. Kayser, Op. 20. 1

Allegro moderato.

1.

Andante quasi Adagio.

2.

* Die Achtelnoten sehr ruhig spielen.　　*The quavers to be played very tranquilly.*　　Jouer les croches très tranquillement.

1. g.B. Sp. g.B. Fr.
2. g.B. Sp.
3. Sp.
4. ob. Dr.
5. h.B.
6. ob. Dr.
7. h.B.
8. Sp.
9. M. hf.B.
10. M. hf.B.
11. Sp.
12. M. spiccato
13. g.B. Sp.
14. Sp.
15. Sp
16. Sp.
17.
18. Sp
19. Sp.
20. M. spiccato
Allegretto.
3.
Sp.
mf simplice
cresc.
f simile
dim.
p
fz
f
ff
decresc.
mf
pp

11/149

4

Finger energisch niederfallen lassen und elastisch aufheben.
Let the fingers drop vigorously and rise elastically.
Laisser retomber énergiquement les doigts et les relever avec souplesse.

Allegro.

Mit energischen Strichen, im Forte g. B., im Piano h. B°.

With vigorous strokes, when playing Forte, use whole bow, Piano half bow.

Coups d'archet énergiques, tout l'archet dans le Forte, la moitié de l'archet dans le Piano.

*) 1. Finger auf D- und A-Saite liegen lassen bis a tempo.
Let the 1st finger remain on D and A-strings until a tempo.
Laisser un doigt sur les cordes de ré et de la, jusqu'à l'a tempo.

✲ put fingers down together AS MUCH AS possible !!

*) Bei Strichart 8:
With bowing No.8:
An coup d'archet 8:

10

Stricharten wie bei Etüde 4.   *Bowings as in Study No. 4.*   Coups d'archet comme dans l' Etude 4.

*) 4. und 3. Finger zu gleicher Zeit aufsetzen.   *Stop with 4th and 3rd fingers simultaneously.*   Poser en même temps les 4° et 3° doigts.

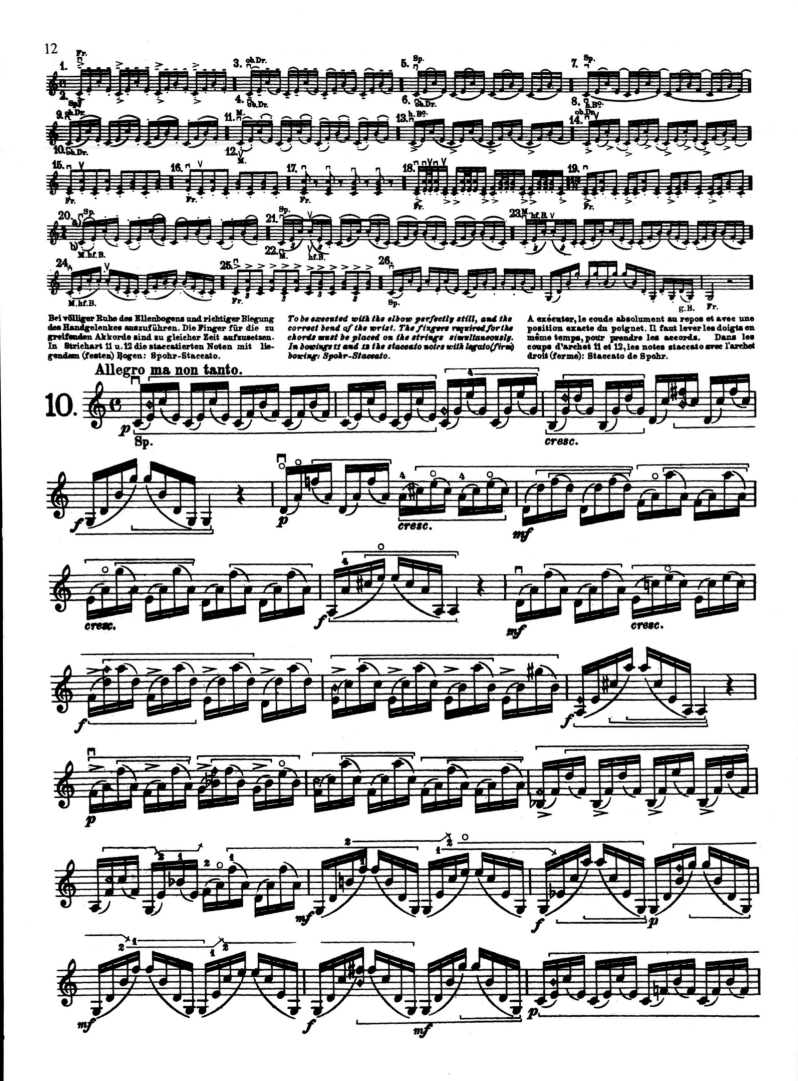

12

Bei völliger Ruhe des Ellenbogens und richtiger Biegung des Handgelenkes auszuführen. Die Finger für die zu greifenden Akkorde sind zu gleicher Zeit aufzusetzen. In Strichart 11 u. 12 die staccatierten Noten mit liegendem (festen) Bogen: Spohr-Staccato.

To be executed with the elbow perfectly still, and the correct bend of the wrist. The fingers required for the chords must be placed on the strings simultaneously. In bowings 11 and 12 the staccato notes with legato(firm) bowing: Spohr-Staccato.

A exécuter, le coude absolument au repos et avec une position exacte du poignet. Il faut lever les doigts en même temps, pour prendre les accords. Dans les coups d'archet 11 et 12, les notes staccato avec l'archet droit (ferme): Staccato de Spohr.

Allegro energico.

11.

kurze Detaché-Striche   *Short Détaché strokes.*   Coups d'archet brefs en détaché.

*)Die Stricharten 19-27 sind i. d. Original-Ausgabe enthalten.
Bowings 19-27 are found in the original edition.
Les coups d'archet 19 à 27 sont contenus dans l'édition originale.

15

*)3. Finger auf D- und A-Saite gleichzeitig aufsetzen.
Stop the D and A strings simultaneously with the 3rd finger.
Placer le 3e doigt en même temps sur le ré et le la.

Allegro ma non tanto.
g.B. *brillante*

12.

36 Etüden für Violine.

H. E. Kayser, Op. 20. II.

Scharf im Rhythmus spielen; die erste Note
jedes Taktes betont.

*Play in sharply marked rhythm, the first
note of each bar accented.*

Jouer strictement dans le rhythme; la première
note de chaque mesure accentuée.

20

Stricharten wie bei Etüde 8.   *Bowings as in Study No. 8.*   Coups d'archet comme dans l'Etude 8.

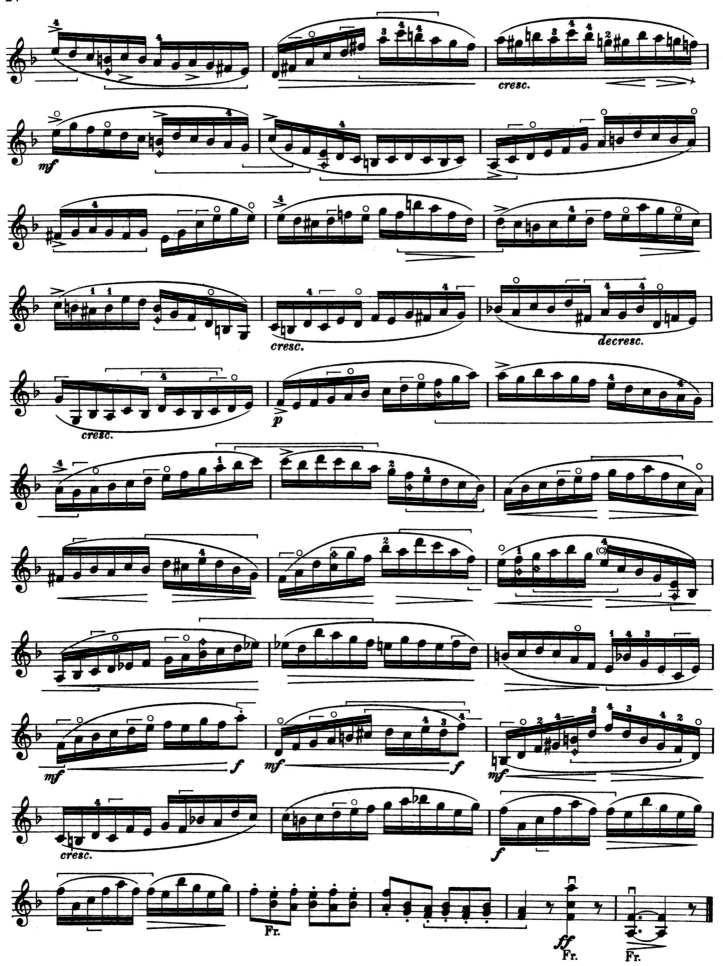

Andante quasi Allegretto.

26

Streng im Takt; die Biegsamkeit des rechten Handgelenks genau beachten.   Strictly in time; pay great attention to the flexibility of the right wrist.
Strictement en mesure; observer exactement la souplesse du poignet droit.

Allegretto.

18.

*)1. Finger auf E- und A-Saite gleichzeitig aufsetzen.   Stop the E and A strings simultaneously with the 1st finger.   Poser en même temps le 1er doigt sur le mi et le la.

28

Liegenlassen und Gegenüberstellen der Finger genau beachten. Das Pizzicato linke Hand ist mit dem 4. Finger, das der rechten mit dem Zeigefinger auszuführen, ohne die Haltung des Bogens zu verändern.

Pay strict attention to the position of the fingers opposite each other, and to letting them remain on the strings. The Pizzicato in the left hand is to be played with the 4th finger, that in the right with the forefinger, without changing the position of the bow.

Laisser les doigts posés et bien observer leur position respective. Le Pizzicato de la main gauche doit être exécuté avec le 4e doigt, celui de la main droite avec l'index, sans changer la position de l'archet.

Die Bogeneinteilung im ersten Takt genau
beachten.

*Pay strict attention to the way the bowing is
divided up in the first bar.*

Observer exactement la tenue de l'archet dans
la première mesure.

Allegro.

21.

Vorübungen.
Preparatory exercises.
Exercices préparatoires.

Finger energisch niederfallen lassen, elastisch
aufheben.
*Let the fingers drop vigorously and rise
elastically.*
Laisser retomber énergiquement les doigts, les
lever avec souplesse.

Allegro assai.

Die punktierten Noten gut halten.   *The dotted notes to be well sustained.*   Bien tenir les notes pointées.

Allegretto.

*) Die Figuren   bei Strichart
The figures   *in bowing*
Les figures   du coup d'archet

Stricharten wie bei Etüde 1.   *Bowings as in Study No. 1.*   Coups d'archet comme dans l'Etude 1.

Allegro assai.

24.

36 Etüden für Violine.

H. E. Kayser Op. 20. III
Bearb. von Herm. Gärtner.

Scharf im Rhythmus spielen; die erste Note jedes Taktes betont.
Play in sharply marked rhythm, the first note of each bar accented.
Jouer strictement dans le rhythme; la première note de chaque mesure accentuée.

*) Bei Strichart 2:
With bowing No. 2:
Au coup d'archet 2:
bei 4:

Mit energischen Strichen; rhythmisch sehr scharf.
With vigorous strokes; the rhythm strongly marked.
Avec des coups d'archet énergiques; très strictement rhythmiquement.

Allegro assai.

26.

*)Bei Strichart 2:
With bowing No. 2:
Au coup d'archet 2:

36

Kurz und sehr scharf im Rhythmus.   *Short and very marked in the rhythm.*   Bref et très strictement dans le rhythme.

*) Nach jeder Pause ⊓.   *After each rest* ⊓.   Après chaque silence ⊓.
+) Nach jeder Pause V.   *After each rest* V.   Après chaque silence V.

38

*) Bei Strichart 8:
With bowing No.8:
Au coup d'archet 8:

Schluß:
Fine:
Fin:

Repetitionstöne nicht zusammenziehen, sondern durch eine kleine Pause trennen, ohne den Bogen aufzuheben.
The repeated notes must not be drawn together and blurred, but should be separated by a slight break, without lifting the bow.
Ne pas réunir les notes répétées, mais les séparer par un petit silence, sans lever l'archet.

*) Nach jeder Pause ⊓.   *After each rest ⊓.*   Après chaque silence ⊓.
*) Nach jeder Pause V.   *After each rest V.*   Après chaque silence V.

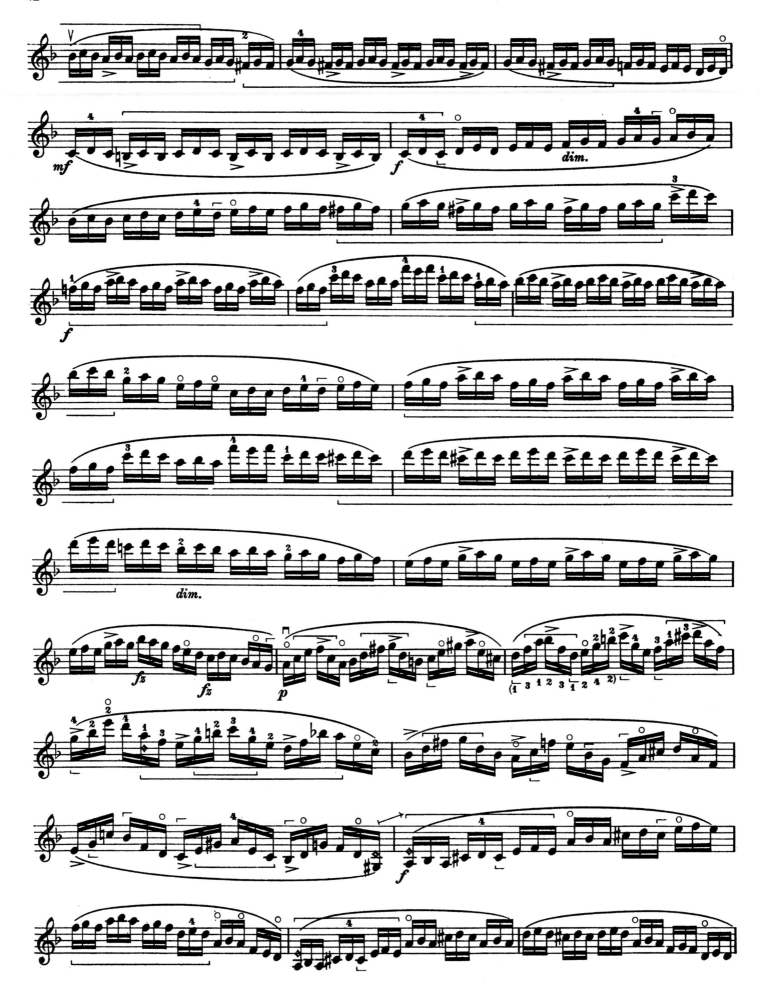

44

Die punktierten Noten gut halten. *Sustain the dotted notes well.* Bien tenir les notes pointées.

Allegro moderato.

31.

Im Forte g. B., im Piano h. B.
When playing Forte, whole bow, Piano, half bow.
Dans le forte, tout l'archet, dans le piano la moitié de l'archet.

Allegro molto agitato.

*) Mit den drei Fingern rücken, ohne sie aufzuheben.
Slide the three fingers without lifting them.
Glisser avec les trois doigts, sans les lever.

Vorübungen:
Preparatory exercises:
Exercices préliminaires:

Beim Staccato den Bogen nicht aufheben;-die einzelnen Töne gehämmert ausführen. *Do not lift the bow in the Staccato; play the single notes with firm bow (martelé).*

Allegro moderato. Dans le staccato, ne pas lever l'archet,- exécuter les sons séparés, jeu martelé.

33.

Mit leichtem Arm; richtig betonen.   *With supple arm; accent correctly.*   Avec le bras souple; accentuer exactement.

Andante poco Allegretto.

35.

Allegro con fuoco.

36.

*)Auch am Fr. und in der Mitte zu üben. To be practised also near the nut and with the middle of the bow. A étudier aussi au talon et au milieu de l'archet.

*) 1. Finger von + bis + auf D- und A- Saite liegen lassen.
Let the 1ˢᵗ finger remain on D and A strings from + to +
Laisser le 1ᵉʳ doigt posé de + à + sur le ré et le la